Simon et la chasse au trésor

Gilles Tibo

Livres Toundra

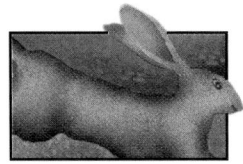

Je m'appelle Simon.
Je suis le plus grand des explorateurs!

Avec ma longue-vue, mon casque
et mon cheval,
je parcours les plaines
à la recherche de trésors fabuleux.

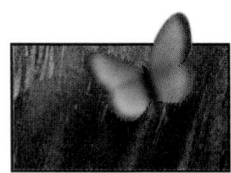

Oh! Voici un premier indice!
Sans doute une piste qui mène
à un trésor!

Marlène et moi
rampons dans le pâturage
à la recherche de nouveaux signes.

Un papillon me dit :
—Je possède le plus fabuleux des trésors :
le nectar d'*une* fleur!
Et toi Simon, quel est ton trésor?

—Je ne sais pas, je le cherche encore!

Près de l'étang, la tortue me dit :
—Je possède le plus fabuleux des trésors :
dix beaux œufs bien couvés!
Et toi Simon, quel est ton trésor?

—Je ne sais pas, je le cherche encore!

À l'orée de la forêt,
l'écureuil me dit :
−Je possède le plus fabuleux des trésors :
une *centaine* de noix pour l'hiver!
Et toi Simon, quel est ton trésor?

−Je ne sais pas, je le cherche encore!

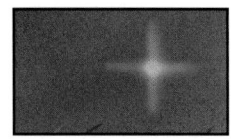

Au bord de la rivière,
le vieil orpailleur me dit :
–Je possède le plus fabuleux des trésors :
des *milliers* de pépites d'or!
Et toi Simon, quel est ton trésor?

–Je ne sais pas, je le cherche encore!

À la fin du jour,
je me retrouve très loin
au fond de la forêt.

Tous les indices
mènent à l'entrée d'une caverne
plus noire que la nuit.

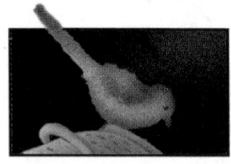

Je marche longtemps, longtemps
jusqu'au fond de la caverne.
J'entends des bruits!
J'ai peur!

Tout à coup,
un fantôme apparaît!
– HOU! HOU! HOU!
Je possède le plus fabuleux des trésors :
des *millions* de chauves-souris!
Et toi, quel est ton trésor?

En me sauvant, je dis :
– Je ne sais pas, je le cherche encore!

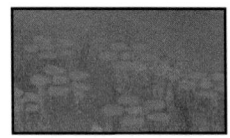

Lorsque je sors de la caverne, c'est la nuit.
Il fait trop noir pour
retrouver mon chemin! Je crie :
– AU SECOURS!
AU SECOURS!!
JE SUIS PERDU!!!

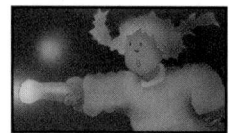

Au loin, on m'appelle :
– SIMON! SIMON!! SIMON!!!

Mes amis accourent.
– Simon est ici!
Enfin! Nous l'avons retrouvé!

Je saute dans les bras de Marlène,
j'embrasse mes amis.
Je ne cherche plus.
Maintenant je connais mon trésor!

Pour Alice

Publié au Canada par Livres Toundra, Toronto, Ontario M5G 2E9, et aux États-Unis par Tundra Books of Northern New York, Plattsburgh, N.Y. 12901

Fiche du Library of Congress (Washington) : 96- 60374

Données de catalogage avant publication (Canada)

Tibo, Gilles, 1951–
    Simon et la chasse au trésor

Pour enfants.
ISBN 0-88776-375-8 (rel.)   ISBN 0-88776-420-7 (br.)

    I. Titre.

PS8589.I26S5265 1996   jC843'.54   C96-900253-X
PZ23.T52Si 1996

[Publié aussi en anglais sous le titre: Simon finds a treasure ISBN 0-88776-376-6 (bound) and ISBN 0-88776-388-X (pbk.)]

Nous remercions le Conseil des Arts du Canada de l'aide accordée à notre programme de publication.

Imprimé au Canada

01 00 99 98   5 4 3 2